伊索寓言

Aesop's Fables

伊索(Aesop)———著　曾立瑩———譯
葛宏德維(J. J. Grandville)———繪

晨星出版

編者序

《伊索寓言》是一本自古希臘流傳至今的寓言集。伊索將世間百態隱身在一則則簡短且意趣豐饒的故事中，引人發笑之餘，亦讓讀者細品人生況味。

其書多以擬人化動物作為要角，不僅趣味十足，還能令讀者換位思考，以客觀的視角觀照個人經歷，達到內省的目的。更讓人玩味的是，每篇故事透過各人不同的思考脈絡與人生背景，所獲得的智慧也不盡相同，如眾人耳熟能詳的故事：〈螞蟻和蚱蜢〉便是一例經典。

英國作家毛姆有個以此為名的短篇小說，他並不企圖推翻大眾對這則寓言的觀感，但這則寓言讓他想起與之大不相同的個人經歷。他提到自己認識一對兄弟，哥哥勤奮如蟻，弟弟則如蚱蜢般過得放浪形骸，哥哥原以為這樣的他肯定不得善終，誰知弟弟與一位富家女結婚後，富家女不僅早逝還留下大筆家產，讓他下半輩子不愁吃穿。弟弟好命的程度令哥哥不禁大喊不公，看著他氣惱的模樣，毛姆止不住地放聲大笑。

中國作家錢鍾書亦曾寫下一篇關於《伊索寓言》的讀後感，他提到〈螞蟻和蚱蜢〉的時候，主觀認定這篇故事仍有後續：螞蟻本就企圖餓死蚱蜢，並以蚱蜢為食。他認為蚱蜢意指窮困潦倒的作家，生前養不活自己，死後卻有眾多人如故事中的螞蟻般，靠作家維持生計。

毛姆的經歷和錢鍾書的讀後感在在凸顯《伊索寓言》為世人著迷的特點：所有讀完它的人，都能添上一筆自己專屬的勸世箴言，說出與之相應的人生經驗。再者本書〈螞蟻和蚱蜢〉的篇後箴言亦非勸人勤奮的典型說法，而是提醒大家工作之餘不忘娛樂，冀望推翻讀者對該寓言的既定印象，逗引眾人多面品味故事的意涵。

本書以耳熟能詳、詼諧逗趣為要旨，精選八十篇寓言，佐以浮誇、荒誕不羈的諷刺插畫，編纂成冊；期望讀者能因此對書中的故事印象深刻，且時不時地憶起它、回味它，並和錢鍾書一樣，從中悟出自己專屬的人生寓意。

目錄
Contents

01

狼和羔羊

THE WOLF AND THE KID

很久以前，有隻羔羊的頭頂逐漸長出堅實的羊角，因此他覺得自己已經是隻成熟的公羊，可以好好照顧自己。某天傍晚，當羊群紛紛從牧場返家時，他的母親喚他回家，但羔羊卻什麼也沒聽見，自顧自地啃食軟嫩的綠草。不久後，當他抬頭觀望身旁的同伴時，發現羊群早已不見蹤影。

他孤伶伶地在牧場上，太陽逐漸西落，此時長長的陰影悄悄靠近，刺骨的寒風也正巧吹了過來，讓草叢發出令人驚駭的聲響。羔羊一想到隨時可能出現的可怕野狼，身體不禁大打哆嗦。他趕緊往草地的另一頭找尋母親的身影，並且不時發出咩咩的叫聲呼喊她。不巧的是，就在尋找母親的途中，羔羊赫然發現有隻狼躲在樹叢裡！

羔羊自知這回能逃出野狼手掌心的希望微乎其微，於是顫抖地說：

「求求你，野狼先生，我知道你準備吃掉我，但能不能懇求你先替我演奏一曲，好讓我趁這最後僅有的時光載歌載舞，盡情享樂。」

野狼也喜歡在大餐前來點音樂助興，於是答應羔羊的要求，開始彈奏令人愉悅的歌曲，羔羊雀躍地跳舞，輕快揮動著四肢。

此時，羊群正緩緩地返家，在寂靜無風的傍晚，遠遠就能聽見野狼的奏樂聲。行走中的牧羊犬豎起耳朵聆聽音樂，認出那是野狼常於饗食前彈奏的曲調，趕緊跑回牧地。野狼發現後立刻停止演奏，並躲避後方窮追不捨的牧羊犬，與此同時後悔自己愚蠢的決定。應該善盡身為野狼的本分才是，竟為了逗弄羔羊而奏樂。

箴言／別讓任何事偏離你原本的目的。

02

烏龜和野雁

THE TORTOISE AND THE DUCKS

不說你也知道，烏龜整日背負著他的家，窮盡一切辦法也離不開。他們說那是他懶惰成性，成天足不出戶的後果，因爲他竟懶惰得連天神朱比特邀請他參加婚禮也不願出席，才遭到天譴。

多年以後，烏龜懊悔不已，他認爲自己應該出席那場婚禮。因爲他看到鳥兒在天上雀躍地飛翔，野兔、花栗鼠和其他動物從他身邊敏捷地奔走，他們總能自由自在地親眼目睹世上的一切，烏龜感到相當沮喪且孤立無助。他也想到世界各處一探究竟，卻礙於背上笨重的家，再加上他那短小的腿，根本哪也去不了。

這一天，他碰見兩隻野雁，並向他們傾訴他的困擾。

野雁說：「我們可以助你瞧瞧這個世界。你用牙齒咬著這枝棍子，我們會帶你到高空上俯視整座田園，但千萬別出聲，否則你會後悔莫及。」

想當然耳，烏龜非常高興。他用牙齒緊緊咬住棍子，兩隻野雁分別銜住棍子的一端，緩緩地往雲朵的方向飛去。

就在這時，有隻烏鴉振翅飛過，他對於這奇異的景象感到相當震驚，大聲喊道：「這肯定是烏龜之王吧！」

烏龜開口道：「爲何一定……。」

他張口回應這愚蠢言論，同時鬆開嘴裡的棍子，烏龜因此快速墜落在地面的石頭上，粉身碎骨。

箴言／愚蠢的好奇心和虛榮心，往往招致厄運。

03

小螯蝦和媽媽

THE YOUNG CRAYFISH AND HIS MOTHER

「你爲何要向前直行呢？」螯蝦媽媽對她的兒子說：「你得時刻謹記如何大步地橫行。」

「示範給我看吧，親愛的媽媽，」小螯蝦恭敬地回應，「我想跟您好好學習。」

於是螯蝦媽媽嘗試橫著走，卻不小心絆倒自己。

箴言／除非自己可以樹立榜樣，否則別輕易指使他人。

04

青蛙和牛

THE FROGS AND THE OX

有隻牛跑到蘆葦叢生的池沼邊喝水，當他大腳用力一蹬，水稀里嘩啦地飛濺，同時踩死一隻在泥濘中沒來得及離開的小青蛙。不久後，大青蛙開始想念那隻小青蛙，便詢問身邊的兄弟姐妹關於小青蛙的遭遇。

「一隻巨大的猛獸，」其中一隻青蛙說道，「他一腳踩踏在弟弟身上！」

「他身形巨大無比！」大青蛙一邊補充，一邊將自己的肚子鼓得又脹又大，「他有這麼大嗎？」

他們大喊：「噢，比你還更大！」

於是大青蛙將自己的肚子鼓得更巨大、更膨脹。

他說：「不可能比這個還大了！」但小青蛙異口同聲地說那隻大猛獸奇大無比，比這樣的他更加龐大。於是大青蛙將自己越吹越鼓，直到身體爆炸爲止。

箴言／別吹牛誇大。

05

給貓繫鈴

BELLING THE CAT

鼠群開會商討，如何擺脫他們的敵人——貓。希望此次至少能找出個辦法，好在貓靠近的時候提前知道，讓他們有充足的時間逃匿。確實，一直對貓爪心生恐懼也不是辦法，總要有些作爲才行，否則鼠群終日都得提心吊膽、東躲西藏地離開他們的鼠窩。

他們磋商不少計畫，但一個結論也沒有。終於有隻非常年輕的老鼠站起來發言：「我有一個簡單明瞭的計畫，而且必定成功。我們只需要在貓身上掛個鈴鐺，一旦聽到它噹噹作響，立刻便知道敵人正朝我們的方向前進。」

群鼠聽完感到十分震驚，懊惱自己怎麼從沒想到如此聰明的辦法來。

就在大家開心地普天同慶時，一隻年邁的老鼠起身開口道：「我相信那位年幼的老鼠所言甚好，但請容許我問一個問題，誰要去幫貓繫上鈴鐺呢？」

箴言／說是一回事，實際行動時又是另外一回事。

06

老鷹和寒鴉

THE EAGLE AND THE JACKDAW

老鷹拍動背上強壯有力的翅膀俯衝而下，用他的爪子一把抓了隻公羊後振翅高飛，將他帶回自己的巢穴。有隻寒鴉看到老鷹的狩獵過程，竟愚蠢地認爲自己也做得到。

寒鴉拍著翅膀，除了響起陣陣拍翅聲外，還掀起一道強風，他模仿老鷹停駐在一隻大山羊背上，正當他準備起飛時，發現自己根本動彈不得，因爲他的爪子與羊毛糾纏在一塊。寒鴉不僅抬不動山羊，山羊甚至也沒注意到寒鴉的存在。

牧羊人看到不斷拍翅的寒鴉，馬上就明白事情的因由，於是趕緊上前抓住寒鴉，並扣住他的翅膀。

當天傍晚，牧羊人將寒鴉展示給他的孩子觀賞，他們開心地大笑：「多麼可笑的鳥啊！爸爸，他是什麼鳥呢？」

父親道：「我的孩子，這隻鳥叫做寒鴉。但你問他是誰，他會聲稱自己是老鷹。」

箴言／別讓你的虛榮心高估自己的能力。

07

男孩和榛子

THE BOY AND THE FILBERTS

一名小男孩獲准將手伸進罐中拿些榛子食用。他用手抓了好大一把，因此當他想將手抽回時，卻怎麼抽也抽不出來。他愣在一旁不知該如何是好，因爲他不願意放棄任何一顆榛子，但怎樣也無法把手從罐中抽離，他感到懊惱又失望，於是哭了起來。

「我的孩子呀，」他的媽媽說，「手上握有一半的榛子就該知足了，因爲這樣不僅能輕鬆把手抽離罐子，下次還有機會吃到更多的榛子。」

箴言／慾壑難填，勿貪得無厭。

08

城市老鼠
和鄉下老鼠

THE TOWN MOUSE
AND THE COUNTRY MOUSE

有隻住在城市的老鼠前去拜訪住在鄉下的老鼠。到了午餐時間，鄉下老鼠準備了小麥、根莖、橡實和一點兒的水當飲料招待他。城市老鼠小心翼翼地，這邊吃一點，那邊吃一點，從他的行爲舉止能清楚知道，他吃下這些簡單樸實的食物，純粹出於禮貌。

用完餐後，兩位好友散步了好一會。不過與其說是散步，不如說是城市老鼠滔滔不絕地分享自己城市的生活，而鄉下老鼠在一旁默默聆聽罷了。爾後，他們便回到田間的灌木樹籬間，爬上小窩裡溫暖舒適的床，熟睡到天明。鄉下老鼠在睡夢間，夢見自己是隻棲身在城市裡的老鼠，過著他朋友娓娓道來的，令人稱羨的浮華世界。因此天一亮，當城市老鼠邀請鄉下老鼠一同返回都市時，他欣然地應邀前往。

一抵達城市老鼠居住的豪宅時，客廳桌上映入眼簾的盡是鄉下老鼠從未見過的事物，精緻的花束、甜食、果凍、糕點以及美味的起司。對老鼠來說，這滿桌的豐盛佳餚都是他做夢才能享用，令人垂涎不已的美食。

不過正當鄉下老鼠準備啃一丁點桌上的糕點時，他聽到貓大聲喵叫，同時撓抓著門。兩隻老鼠嚇得趕緊躲起來，暫時避避風頭，連大氣都不敢喘一口。最後，他們好不容易心驚膽顫地回到宴席上時，門又突然被推開，原來是這家的傭人進來清理桌子，身後還尾隨一隻家犬。

危機四伏的豪宅，令鄉下老鼠停留在城市老鼠小窩的時間，只夠拿走自己的地毯包和雨傘。

「你或許擁有許多奢侈品和美味佳餚，與我大相徑庭，」他一邊說，一邊加快腳步離開，「但我寧願選擇平淡無味的食物和簡樸的生活，還有與之相隨的安定舒適。」

箴言／與惶惶不安的富裕生活相比，不如選擇令人安心的貧困生活。

09

狐狸和葡萄

THE FOX AND THE GRAPES

某日，有隻狐狸暗中發現一串成熟又漂亮的葡萄，正巧垂掛在樹枝上。狐狸飢渴地望著鮮美多汁的葡萄，嘴裡開始分泌唾液。

碩大飽滿的葡萄高掛在樹枝上，狐狸不得不蹬地一跳才能摘到它。第一次跳起時，狐狸根本連碰都碰不到，因此他倒退了幾步，向前助跑，再奮力一跳，沒想到再次落空。狐狸多次嘗試，但都以失敗告終。

最後他坐下來望著成串的葡萄，心生厭憎，他說：「我眞是愚蠢，爲了摘取那串酸葡萄，把自己搞得疲憊不堪，它根本不值得我如此勞心勞力。」

語畢，他快速地轉身遠走，心中滿是輕蔑。

箴言／許多人假裝鄙視和貶低自己未能所及的東西。

10

一捆樹枝

THE BUNDLE OF STICKS

有位父親膝下擁有多名子嗣，兄弟間總是爭吵不斷。不論父親如何勸說都無濟於事，於是他想出一個簡單明瞭的方法，好讓這些兒子明白關係分歧帶來的不幸。

這一天，他們彼此怒目相視，爭吵得愈發劇烈，各個情緒激昂。於是父親要求每人去撿一捆樹枝回來。撿回樹枝後，又要求他們折斷它。但他們使盡全力，也無法將整捆樹枝折斷。

父親接著解開那捆樹枝，一一發給兒子，要他們一根一根折斷它。他們輕而一舉就辦到了。

「我的兒子啊，」父親道：「難道你們沒有發現，只要彼此站在同一陣線，互相幫助，敵人就無法輕易傷害你們了嗎？反之，倘若你們兄弟鬩牆，那麼你們面對敵人的力氣，絕對不會比那捆樹枝中的任何一枝來得堅韌。」

箴言／團結力量大。

11

狼與鶴

THE WOLF AND THE CRANE

貪饞的狼正大快朵頤地享用美食，他吃得又急又猛，一不小心讓骨頭哽在喉中進退兩難。

對一匹嗜食的狼來說，這簡直是天大的災難，於是他趕緊尋求鶴的協助；他深信以鶴修長的脖子和喙，定能輕易取出那根骨頭。

狼對鶴道：「如果妳替我取出骨頭，我將湧泉以報。」

想當然耳，要將頭放進狼的嘴裡讓鶴感到十分惶恐，但出於貪婪的天性，她允諾了狼的請求。

事成之後，狼轉頭就走，鶴趕緊追喊著：「你怎能說話不算話呢？」

狼猛力回頭並咆哮道：「妳怎會如此不識好歹？妳的鶴頭如今仍安然無恙地在脖子上就該謝天謝地了，妳還貪圖什麼呢？」

箴言／侍奉惡人，別指望回報。

12

驢子和主人

THE ASS AND HIS DRIVER

主人命令驢子朝下山的道路前進。這時驢子的愚蠢腦袋突然迸出個自以爲的好辦法，於是擅自往另一條路走去。眼看自己的驢棚就在山腳下不遠處，他自認爲最便捷的方法莫過於直接翻過一旁的山崖。正當他準備跨出前蹄時，主人一把抓住他的尾巴，試著把他拉回來，但固執的驢子不肯就此罷手，使盡全身的力氣，一股腦地向前衝。

他的主人看他這般我行我素，便說：「那好吧，我就如你所願，你這隻任性的野獸，瞧瞧自己的下場如何。」

主人語畢後立刻鬆開雙手，而愚蠢的驢子便一路翻滾，一頭栽在山腰上。

箴言／不聽取諫言、一意孤行的人，往往通往不幸之路。

13

獅子和老鼠

THE LION AND THE MOUSE

有隻獅子在森林中沉睡，他將自己的大頭放在交疊的爪子上。這時一隻膽小的老鼠碰巧路過此處，她發現獅子後急於逃亡，驚慌失措之餘，竟就此鑽過獅子的鼻前。從睡夢中醒來的獅子生氣地將爪子放在這隻小動物身上，準備殺了她。

「饒了我吧！」小老鼠央求著，「拜託放我走，我總有一天會回報你今日的恩惠。」

獅子被小老鼠的話逗樂了，想不到區區一隻小老鼠竟認爲自己有天可以幫助他。最後心胸寬大的獅子決定放走小老鼠。

幾天後，獅子在森林跟蹤獵物時，不小心被獵人的網子纏住身軀，怎樣都無法脫身，惱怒之餘，不禁對著森林放聲嘶吼。小老鼠一認出獅子的吼聲，便趕緊四處搜索他的下落，不久便發現受困的獅子。她跑向勒住獅子的關鍵繩索，用她銳利的牙齒拼命啃咬，直到繩子斷裂爲止，獅子因此獲救。

老鼠說：「我允諾要回報你時，你嘲笑我。現在你知道區區一隻老鼠也能幫助你度過難關了吧。」

箴言／好心必有好報。

14

放羊的孩子

THE SHEPHERD BOY AND THE WOLF

在距離村子不遠處的森林附近，有位牧童正照料著主人的羊群。他覺得牧場生活十分乏味，成天只能與牧羊犬說說話，或是吹吹自己的笛子作爲消遣。

有天，當他坐著看顧羊群，一邊望著寂靜的森林時，他想，果眞遇見野狼的話該怎麼辦。左思右想之下，他擬出一個娛樂自己的好方法。

他的主人曾告訴他，萬一看到野狼襲擊羊群，一定要向他求助，村民就會幫忙趕走野狼。雖然連隻狼的蹤影都沒看見，但他依然一股腦衝向村莊，用盡全身力氣放聲大喊：「狼來了！狼來了！」

如他所料，聽到求救聲的村民立刻放下手邊的工作，十萬火急地奔向牧場。不過萬萬沒想到的是，一抵達牧場時沒見著狼，只發現牧童正前仰後合地大笑著，他覺得戲弄村民有趣至極。

幾天過去，牧童再次聲嘶力竭地大喊：「狼來了！狼來了！」村民們再度匆匆前去幫忙驅逐野狼，沒想到又是男孩的惡作劇。

一日傍晚，當餘暉從森林的一端落下，樹影一步一步往牧場逼近時，眞正的野狼突然從樹叢冒出，攻擊羊群。驚恐萬分的牧童往村子拔腿狂奔，大喊著：「狼來了！狼來了！」村民聽到他的喊叫聲再也不以爲意，他們說：「我們不會再被騙了。」

那隻野狼吃飽喝足後，就悄悄地溜回森林去了。

箴言／不講究誠信的人，即便說了實話也不再取信於人。

15

蚊蚋和公牛

THE GNAT AND THE BULL

有隻渺小的蚊蚋飛過大草原，振翅時發出響亮的嗡嗡聲。途中他駐足在公牛的尖角上小歇片刻，起飛前，他爲自己佔用牛角一事，向公牛致上歉意。

他說：「我要離去了，想必你一定很開心吧。」

公牛答道：「這對我而言沒什麼大不了。我甚至沒注意到你的存在呢。」

箴言／心胸越小越自負。

16

農夫和鸛

THE FARMER AND THE STORK

純樸又容易輕信他人的鸛收到白鷺鷥的邀請，應邀參加新播種的田地上舉辦的歡樂派對。途中所有參與派對的鳥兒都陷進農夫布下的羅網，以致派對最終不歡而散。

那隻鸛央求農夫放過他。鸛乞求道：「請您行行好，饒我一命，我們鸛生性誠實，是鳥類中屬一屬二的好榜樣。更何況，那些白鷺鷥打算偷東西的事，我事先並不知情。」

「也許你是隻善良的鳥。」農夫接著說：「但與你相伴的白鷺鷥做賊，你自然也得受到懲罰。」

箴言／別人會以你的朋友評斷你的為人。

17

羊和豬

THE SHEEP AND THE PIG

有天，牧羊人在牧地上發現一隻肥豬。他飛快地捉住那隻豬，在他的手碰到的瞬間，豬隻立刻歇斯底里地發出尖銳刺耳的叫聲，不知情的人還以爲他正狠狠地傷害那頭豬呢。然而不論那隻豬如何嘶聲力竭地大喊、奮力掙脫，牧羊人仍舊死死地將他撿到的「獎賞」挾在腋下，大步流星地往市集的肉販走去。

牧場的羊群遵從牧羊人的指揮來到牧場門口，他們對於豬的舉動感到十分訝異和有趣。

其中一隻羊問他：「你怎麼會叫成那副德性？牧羊人時常抓住我們，把我們抱起來。假如各個都像你這樣吵鬧不休，一定會爲自己感到羞愧。」

這隻豬一邊尖叫地拳打腳踢，一邊回答羊：「那很好啊，但他抓住你只是覬覦你的羊毛，他抓住我的話，那可就不一樣了，他想要我身上的肉啊！嘎——嘎嘎——！」

箴言／沒有身陷危險的人，逞勇並非難事。

18

旅者和錢包

THE TRAVELERS AND THE PURSE

兩個男人結伴旅行，其中一人在路途上拾獲了塞滿物品的錢包。

「我怎會如此幸運！」他說道，「我撿到一個錢包。剛才掂了掂它的重量，這肯定裝滿黃金。」

同伴說：「別說『我』撿到錢包，要說『我們撿到一個錢包』，而且是『我們怎會如此幸運』。旅伴在旅途中，本就該共享禍福。」

「不，不。」另一位同伴答道：「是我撿到的錢包，所以都是我的。」

就在此時，他們聽見有人大喊：「站住，小偷！」他們四處張望，遠遠便看到拿著棍棒的人群走來。

拾獲錢包的那位旅者陷入極度的恐慌之中，他大哭道：「如果他們在我們身上找到錢包，那就完蛋了。」

「不，不。」另一位回答：「你剛剛不肯說『我們』。現在就繼續堅持說『我』吧，說『我完蛋了』。」

箴言／除非我們願意與他人分享好運，否則別妄想他人與你共患難。

19

渴望國王的青蛙

THE FROGS WHO WISHED FOR A KING

青蛙厭倦「自主」這件心煩事。平時無拘無束的生活，把他們都寵壞了。他們只想整日無所事事地呱呱叫，所以希望有個政府能以皇室的規模來管理他們，並確保青蛙能明確地感受到自己被統治。他們還要求，不要給他們一個無法立即有所作為的無能政府。於是，他們呈上請願書，請求朱比特指派一位國王。

朱比特心想，多麼愚蠢的生物啊。但為了讓他們不再對他叫囂，自以為有一位國王在，於是他扔下一根巨木。巨木落水時掀起偌大的浪花，青蛙們躲在蘆葦和草叢中，以為這個新國王是位可怕的巨人。但很快地，他們便發現木頭國王是如此地溫順平和，年輕的青蛙把它當作跳水平台，而年長的青蛙則把它當作集會場所，於是他們向朱比特大聲抱怨政府的不是。

爲了給青蛙一個沉痛的教訓，眾神之神指派鸛做爲青蛙的國王。事實證明，鸛和木頭國王的管理方式大相逕庭。他一一啄起身旁可憐的青蛙並且吃得一乾二淨，不久後青蛙就發現自己的行爲相當愚蠢。他們哀聲懇求朱比特帶走這位殘忍的暴君，以免他們就此滅亡。

「瞧瞧你們自己！」朱比特大喊：「難道你們還不滿意嗎？我已如願賜予你們夢寐以求的統治了，所有的不幸都得怪你們自己。」

箴言／尋求改變之前，先確保此舉能夠改善你的處境。

20

橡樹和蘆葦

THE OAK AND THE REEDS

有棵巨大的橡樹佇立在小河邊，小河裡也長著一些細長的蘆葦。當風吹來時，巨大的橡樹驕傲地挺立著，將身上所有樹枝舉向天空。蘆葦卻在風中低頭，唱起哀怨的歌曲。

「你們有權利埋怨，」橡樹說，「最輕柔的微風拂過水面，使之蕩起漣漪，也讓你們低下頭，而我這棵偉大的橡樹，即使面對呼嘯的暴風雨，依舊堅韌不拔，哪都不去。」

蘆葦答道：「不需要爲我們擔憂，風不會傷害我們。我們向它鞠躬，以防被吹垮。而你用全身的驕傲和力量正面迎擊，儘管目前爲止都一一挺過，但你的末日即將來臨。」

與此同時，強勁的暴風從北方浩蕩地急驟一吹。橡樹仍舊傲然挺立，與風暴搏鬥，而屈服的蘆葦則低頭不語。

當狂風更加強勁，加倍呼嘯而過時，大樹突然倒下，連根拔起，橫躺在蘆葦憐憫的懷抱裡。

箴言／大丈夫能屈能伸。

21

烏鴉喝水

THE CROW AND THE PITCHER

某個高溫乾燥的日子裡，當所有鳥兒到處尋找水源時，有隻口渴的烏鴉發現一個裝有少許水量的壺。但水壺高大，壺頸細窄，無論烏鴉如何努力，都無法嚐到任何一滴水。

這隻可憐的烏鴉以為自己會渴死，不過他立刻想出一個好方法。

他撿起些許小巧的鵝卵石，把它們一個個扔進水壺。每扔一顆小石子，水就升得高一些。直到最後，水位便接近他可以飲用的高度了。

箴言／緊要關頭時，善用智慧能幫助我們脫離險境。

22

螞蟻和蚱蜢

THE ANTS AND THE GRASSHOPPER

在深秋的晴朗日子裡，一群螞蟻在和煦的陽光下忙碌著，將夏天儲存的糧食拿去曝晒。這時一隻飢腸轆轆的蚱蜢，腋下挾著小提琴，走了過來，謙恭地央求螞蟻賞口飯吃。

「什麼！」螞蟻驚訝地叫道：「難道你沒有儲存任何糧食過冬嗎？去年夏天你到底在忙些什麼呢？」

「我沒有時間儲藏任何糧食。」蚱蜢接著抱怨，「我不斷埋頭作曲，不知不覺夏天就過去了。」

螞蟻厭惡地聳了聳肩。

他們說：「你那時在作曲，是嗎？」螞蟻哭了，接著說：「那好，你現在去跳舞吧！」語畢，他們便轉身背對蚱蜢，繼續他們的工作。

箴言／工作之餘，也要記得放鬆玩樂。

23

背負神像的驢子

THE ASS CARRYING THE IMAGE

驢子背上搭載了一座神像，配有花環和華麗的飾品，朝著神廟的方向前行。他的身後跟隨著一群祭司和侍從組成的盛大隊伍，當驢子途經群眾時，人們都會虔誠地低頭或跪地膜拜，驢子以爲這份榮譽是獻給自己的。

他滿腦子都是這般愚蠢的想法，導致內心充斥著傲慢和虛榮，還因此停下腳步，開始大聲吹噓，吟唱歌曲。驢子吟唱後，他的主人猜到他愚蠢的想法，於是舉起手裡的棍棒，準備狠狠地抽打他。

他喊道：「前進吧，你這頭蠢驢。這份榮譽不是獻給你的，是獻給你背上的神像。」

箴言／不要試圖將他人的榮譽攬在身上。

24

兩隻山羊過橋

THE TWO GOATS

兩隻山羊雀躍地在山谷的石階上奔跑，偶然遇見站在深壑另一頭的對方。深壑裡湧出水勢湍急的山洪，倒下的樹幹成了跨越它的唯一途徑。如此狹窄的小路連最勇敢的人都不禁顫慄，即便是兩隻小松鼠通過時都無法安然交會。但山羊卻臨危不懼，因爲他們高傲的自尊心不允許自己禮讓對方。

其中一隻山羊把腳踩在樹幹上，另一隻山羊也如法炮製。他們的羊角在途中碰撞在一起，卻依然沒人願意就此讓步。於是兩隻山羊便一同從樹幹上滑落，被底下凶猛咆哮的激流給沖走了。

箴言／與其因為固執而遭逢不幸，還不如就此讓步。

25

驢負鹽

THE ASS AND THE LOAD OF SALT

一位商人催趕著身負鹽袋的驢子從海邊回家，途經一條河時，欲從淺灘處涉水而過。

他們之前曾多次渡河，沒有發生任何意外，然而這次驢子卻在半途中滑倒了。商人把他扶起來時，許多鹽都融進河水裡了。驢子發現落水後自己的負擔減輕不少，因此感到十分愉悅，於是抱著雀躍的心情完成這趟旅程。

第二天，商人又買了一車鹽。在回家的路上，驢子想起昨日在河邊發生的事，於是蓄意落水，就此甩掉身上大部分的行囊。

商人發現後相當憤怒，立即掉頭，把驢子趕回海邊，在他背上增加兩大籃的海綿。返家經過河邊時，驢子又一次摔倒了；但當他爬上岸時，卻發現自己背上比以往多出十倍的負擔，最終只好拖著疲憊不堪的身軀踏上歸途。

箴言／同樣的方法並不適用所有情況。

26

獅子和蚊子

THE LION AND THE GNAT

獅子憤怒地對著頭頂上飛得嗡嗡作響的蚊子說：「走開，卑鄙的昆蟲！」但蚊子絲毫不爲所動。

他唾棄地對獅子說：「你認爲我會因爲他們稱你爲國王，就畏懼你嗎？」

下一秒，他便朝著獅子飛去，在他的鼻子上猛地刺了一下。獅子怒不可遏，瘋狂拍打蚊子，不但沒打著蚊子，還因此抓傷自己。蚊子一次次地刺傷獅子，讓獅子發出可怕的吼聲。獅子極度憤怒，瘋狂揮掌，因而迅速感到疲憊，身上布滿齒痕和抓痕的他狼狽不堪，不得不放棄這場爭鬥。

蚊子嗡嗡地飛走，等不及要把他的戰績昭告全世界，然而他興奮

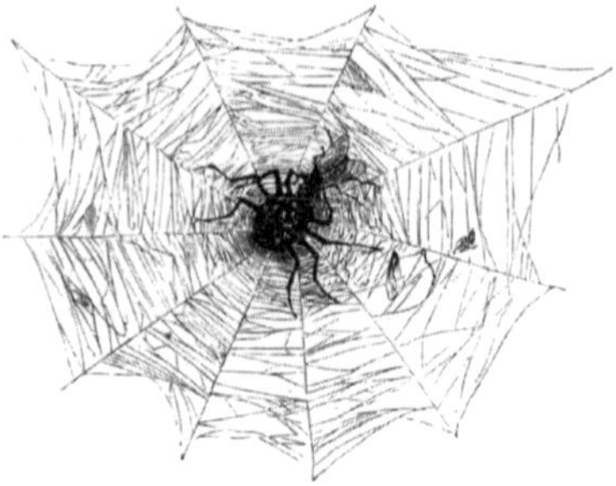

過頭，一個不小心，直接飛進了蜘蛛網，打敗萬獸之王的他卻成爲一隻小蜘蛛的獵物。

箴言／不該過於自豪而大意。

27

羅德島的故事

THE LEAP AT RHODES

一位曾在國外遠遊的人返鄉後，滔滔不絕地講述自己在國外的奇遇和冒險經歷，以及他立下的豐功偉業。

他講述的其中一項功績，是他在羅德島裡跳遠的壯舉。他說自己那一躍，步伐是如此之大，距離又是如此之遠，而且羅德島上有許多人親眼目睹，他們可以證明他所言不假。

「我們不需要證人。」其中一位聽眾說：「你就當這座城市是羅德島，現在就讓我們親眼瞧瞧你的身手吧。」

箴言／坐而言，不如起而行。

28

公雞和寶石

THE ROOSTER AND THE JEWEL

有隻公雞正忙著爲自己和家人覓食。這時，他偶然發現一顆主人丟失的珍貴寶石。

公雞說：「啊哈！不用說，你肯定價值不菲。丟失你的人絕對願意付出極大的代價尋得你。但對我來說，與其擁有世界上所有的珠寶，我寧可選擇一粒大麥。」

箴言／對不需要的人來說，再珍貴的東西都一文不值。

29

驢子、狐狸和獅子

THE ASS, THE FOX, AND THE LION

一頭驢和狐狸成爲親密夥伴，經常膩在一起。當驢子偷摘新鮮的蔬菜時，狐狸便會偷附近農田裡的雞，或從乳品店拿一些奶酪。有天，他們巧遇獅子，驢子感到十分恐懼，但狐狸安撫了他。

他說：「我會和獅子談談。」

於是，狐狸大膽地走到獅子面前。

「殿下，」他用驢子聽不見的音量，低沉地說，「我有個好主意。如果您答應不傷害我，我就把那愚蠢的傢伙引誘到一個他無法爬出的坑穴。這樣您就可以隨心所欲地飽餐一頓了。」

獅子同意後，狐狸便回到驢子身邊。

狐狸說：「我讓他保證不傷害我們。如果你還不放心的話，跟我來，我知道一個藏身的好地方，你可以一直待在那，直到他離開為止。」

於是他把驢子帶進一個深坑中。但獅子一發現驢子是被狐狸算計才入坑時，他首先扳倒叛徒狐狸。

箴言／叛徒亦可能遭到背叛。

30

野兔和青蛙

THE HARES AND THE FROGS

眾所周知，野兔非常膽小，只要有一點動靜，他們便會嚇得逃回洞穴。有天他們決心一死，再也不願生活在痛苦之中。當他們正討論如何好好地迎接死亡時，聽到一些聲音後，下意識地逃回窩裡去。他們途經一個池塘，池塘邊的蘆葦叢裡坐著青蛙一家人。驚魂未定的青蛙，瞬間鑽進土裡尋求庇護。

「看！」野兔喊道，「其實事情並沒有我們想像得那麼糟糕，這裡甚至還有動物怕我們！」

箴言／無論我們自認多麼不幸，總有人更加不幸。

31

狐狸和鸛

THE FOX AND THE STORK

有天狐狸靈機一動，想了個法子作弄鸛，誰叫鸛怪異的外表總能讓他開懷大笑，所以他決定以他取樂。

狐狸對即將使出的把戲暗自竊喜，並對鸛說：「你今天一定得來和我一起吃飯。」鸛欣然接受，並帶著滿滿的食慾準時赴約。

晚餐時，狐狸備了湯品上桌。但它被盛在一個淺盤裡，即便鸛再怎麼努力，也只是弄濕自己喙的前端，連一滴湯也沒能喝到。對狐狸來說，用淺盤喝湯是一件輕而易舉的事，而且他為了讓鸛更加失望，甚至表現得一副特別享受的樣子。

饑餓的鸛對狐狸的惡作劇感到相當不滿。但平時冷靜、心平氣和的他，認為此時大發雷霆並沒有好處。於是不久後，換他邀請狐狸與自己共餐。

狐狸在約定的時間內準時抵達，鸛端上一份魚肉大餐，香味聞起來非常美味，但它被裝在一個瓶頸窄小的高罐子裡。鸛可以用他長長的喙輕易地啄取食物，但狐狸只能舔舔瓶口外圍，嗅一嗅那可口的氣味。等到狐狸終於忍不住大發脾氣時，鸛卻平靜地說：「不要對你的鄰居耍花招，除非你自己能忍受相同的待遇。」

箴言／己所不欲，勿施於人。

32

旅者和大海

THE TRAVELERS AND THE SEA

兩位旅者在海邊走著，看見遙遠的一方有東西漂浮在海浪上，其中一人說：「看，一艘大船遠遠地駛來，帶著豐富的金銀財寶！」

他們看到的東西越來越靠近，另一個人開口道：「不，那不是一艘滿載財寶的船。那是漁夫的小船，載著當天捕獲的美味鮮魚。」

那東西更靠近了些，並且被海浪沖上岸，他們齊聲大喊：「這是某個沉船上失落的黃金寶箱。」

兩位旅者衝向海邊，除了一根被水浸透的木頭外，什麼也沒發現。

箴言／別讓希望使你偏離現實。

33

雄鹿和倒影

THE STAG AND HIS REFLECTION

一頭雄鹿啜飲水晶泉水時，看見清澈的水面上漾著自己的身影，不禁開始打量自己。他非常欣賞自己鹿角那優雅的拱型，卻對自己的腿感到十分羞愧。

「怎麼會呢？」他嘆息道，「我擁有如此華麗的王冠，卻被詛咒似地生下這雙腿。」

這時他嗅到豹的氣味，下一秒便在森林中狂奔起來。當他奔跑時，樹枝卻不小心卡住他那寬大的鹿角，於是豹迅速地追上雄鹿。這時他才意識到，如果不是頭上那無用的裝飾品，他那令自己羞愧的腿，本可挽回自己一命。

箴言╱我們時常看重裝飾品，而輕視有用之物。

34

虛榮的烏鴉
和借來的羽毛

THE VAIN JACKDAW
AND HIS BORROWED FEATHERS

烏鴉飛過王宮花園時，恰巧看見皇室孔雀們一身豔麗壯觀的羽毛，心中不由得泛起一陣驚奇和欣羨之情。

烏鴉長得不怎麼英俊，行爲舉止也稱不上優雅。但他認爲，只要自己穿上如孔雀那般的衣服，就能躋身孔雀之列。於是，他撿起孔雀掉落的羽毛，把它們插在自己黝黑的羽翼中。

他穿上借來的華麗服飾，在烏鴉群中趾高氣揚地行走，接著飛入花園的孔雀群裡。但他們很快就認出他的眞面目，並對他的欺瞞行徑感到憤怒。他們朝烏鴉飛去，拔掉他撿來的羽毛，同時也啄下些烏鴉原本的羽毛。

可憐的烏鴉傷心地回到烏鴉群裡，沒料到另一個不愉快的驚喜正等著他。同伴們並沒有忘記他高視闊步的姿態，於是瘋狂地啄咬烏鴉，以此懲罰他、嘲笑他，並把他驅逐得遠遠的。

箴言／借來的羽毛並不能造就一隻好鳥。

35

猴子和海豚

THE MONKEY AND THE DOLPHIN

很久以前，一艘開往雅典的希臘船隻，在即將停靠雅典港口比雷埃夫斯時失事了。要不是當時海豚與人類特別友好，尤其是和雅典人友好，船上所有人都將因此喪命。因爲事故當下，是海豚把遇難者一個個扛在背上，送回岸邊的。此後當地的海豚便經常救助落海者上岸。

每次希臘人出海時都會帶上自己的寵物猴子和狗，這是他們的傳統。因此每當海豚看到猴子在水中掙扎時，都誤以爲那是人類，經常讓猴子爬到自己的背上，帶著他向岸邊游去。

有一回猴子坐在海豚的背上，一副莊重肅穆的模樣，海豚禮貌地問：「你是傑出的雅典公民，對吧？」

「是的。」猴子自豪地回：「我出身自城中最顯赫的貴族。」

海豚說：「我想也是，想必你經常探訪比雷埃夫斯。」

猴子答道：「沒錯，我確實經常與他往來，比雷埃夫斯是我最好的朋友。」

他的回答讓海豚大吃一驚，回頭看了看自己身上載的東西後，海豚二話不說就潛入水中，讓愚蠢的猴子想辦法自救，他則再游去尋找等待救援的人類。

箴言／謊話都得用另一個謊言自圓其說。

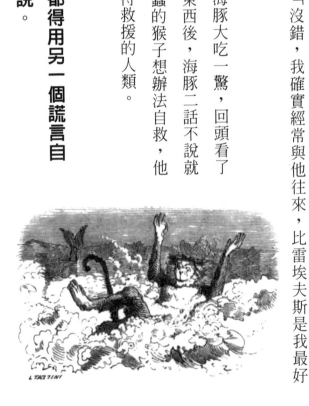

36

猴子和貓

THE MONKEY AND THE CAT

很久以前，有隻貓和猴子被飼養在同一間房。他們不僅相處融洽，還經常一起惡作劇。他們最在意的是食物，至於如何得手，對他們來說一點也不重要。

有一天，他們坐在火爐邊，看著爐上烘烤的栗子。眼看栗子早已烤得香味四溢，是時候該想個法子去拿熱烘烘的栗子了。

狡猾的猴子對貓說：「我很樂意去拿，但這種事情妳比我擅長多了。妳負責拿出栗子，我負責將它切兩半。」

貓小心翼翼地用爪子把一些煤渣推到一邊，然後迅速抽回爪子。接著她重複同樣的動作，這次她從火堆中推出半顆栗子。最後再重複一次，這才將栗子整顆取出。這樣的動作她重複數次，貓爪都因此嚴重燙傷了。然而那些她好不容易從火堆中取出的栗子，都在取出的同時被猴子通通吞下肚。

之後主人一進來，大家便如鳥獸散，落荒而逃。此次貓的爪子不僅被燙傷，連顆栗子也沒吃到；因此，從那天起，貓有老鼠作伴就相當滿足了，鮮少再與猴子打交道。

箴言／諂媚之人討好你，總有些目的。

37

熊和蜜蜂

THE BEAR AND THE BEES

有隻熊在森林裡漫步尋找漿果，突然發現一棵倒下的樹，有群蜜蜂在那樹上儲藏蜂蜜。於是熊小心翼翼地在樹木附近探頭探腦，想知道蜜蜂是否在家。就在這時，有隻蜜蜂正從苜蓿草原返家，帶回一袋剛採集來的蜜。這隻蜜蜂料到熊的目的，便朝他飛去，狠狠地螫了他一下後便消失在那空心的樹木裡。

被叮咬讓熊瞬間失去耐性，張牙舞爪地衝向那棵樹，打算毀掉整個蜂巢。然而如此衝動的下場，只惹來一整團蜂群的圍攻，可憐的熊不得不跳進水裡自保。

箴言／沉默地承受一次傷害，比暴跳如雷地挑起千百次傷害來得明智。

38

蒼鷺

THE HERON

一隻蒼鷺在小河的岸邊靜靜地走著，兩眼直盯著清澈的河水，修長的脖子和尖長的喙，隨時準備啄起小魚當作早餐。澄澈的水裡有著眾多魚兒來回穿梭，但那天早上的蒼鷺還是相當不滿意。

他說：「這些魚根本不夠我塞牙縫，我蒼鷺怎甘於如此寒酸的食物。」

這時一條漂亮的小鱸魚游了過來，蒼鷺又道：「連一隻像樣的魚也沒有，我根本不願意爲這種東西張嘴！」

當太陽高高升起時，魚兒離開岸邊的淺水區，向水中央更涼爽的深處游去。自此蒼鷺再也不見任何一條魚的蹤影，此時他暗自慶幸最後還有吃到一隻小蝸牛果腹。

箴言／不知足，恐致一無所有。

39

樹上的公雞和狐狸

THE ROOSTER AND THE FOX

某個明亮的傍晚，當太陽緩緩沉入輝煌的世界時，一隻聰明絕頂的老公雞飛上枝頭歇息。在此之前，他振翅三下並大聲啼叫。正當他準備把頭放在翅膀下時，那雙炯炯有神的眼眸瞥見一抹紅色的身影，還有一個修長的尖鼻子。此時他的下方正站著一隻狐狸。

狐狸既雀躍又興奮地大喊：「你聽說那個好消息了沒？」

公雞非常平靜地問：「什麼消息？」他心中燃起一股相當怪異、不對勁的感覺，眾所周知，公雞非常懼怕狐狸。

「你的族群、我的族群，以及其他所有的動物都決議放下對彼此的成見，從現在開始，永遠生活在和平與友誼之中。光想就覺得興奮！此刻的我迫不及待想要擁抱你了！快下來吧，我親愛的朋友，讓我們好好來慶祝這番美事。」

「多棒啊！」公雞接著說：「聽到這個消息，我確實感到相當高興。」但他說這話時踮起腳尖，眼神游移不定，似乎正在觀看遠處的某物。

狐狸語氣焦急地問：「你看到了什麼？」

公雞回：「咦，怎麼回事？我似乎看見有好幾隻狗正往這裡走來。肯定是聽到你說的這個大好消息了，而且……。」

狐狸還沒聽完公雞說的話，便開始拔腿狂奔，公雞趕緊喊道：「等等，你何必跑走呢？這些狗現在是你的朋友啊！」

「是呀。」狐狸答道，「但他們或許尚未聽到消息。而且我差點就忘了我還有正事要辦，必須先走一步。」

公雞成功戰勝一個陰險狡猾的敵手後露出一抹微笑，接著把頭埋進羽翼裡，安穩進入夢鄉。

箴言／狡猾的人更容易受騙。

40

馬槽裡的狗

THE DOG IN THE MANGER

有隻狗原本在裝滿乾草的馬槽裡熟睡，卻被前來的牛群吵醒。牛耕完田返家，又累又餓，但狗不讓他們靠近馬槽一步，他暴跳如雷地咆哮著，好似馬廄裡放的全是爲他精心準備的上等肉和骨頭。

牛群厭惡地看著狗。其中一隻牛道：「他未免太自私了吧！他自己不能食用乾草，卻也不准我們這些專吃乾草的動物享用！」

農夫一進馬廄，目睹狗這般惡行後，便拿起棍子把他趕出去，他爲狗自私自利的行徑而痛打他一頓。

箴言／自己不能享用的東西，就不要怨恨別人可以享受。

41

驢子和蚱蜢

THE ASS AND THE GRASSHOPPERS

有天驢子在牧場上漫步，發現蚱蜢正於草叢間歡快地鳴叫。他細細聆聽蚱蜢的歌聲，並對他們的歌喉欽佩不已。心想，那是多麼歡快的歌聲啊，要是自己能像他們那樣高歌該有多好。

他非常恭敬地問：「你們何以擁有如此美妙的歌聲呢？你們是吃了什麼特殊的食物，還是神聖甘露什麼的，讓你們的歌喉可以如此悅耳？」

蚱蜢生性愛開玩笑，便玩鬧地回：「沒錯，我們的歌聲如此美妙，正是喝了甘露的緣故！你嘗一口就知道了。」

從此之後驢子除了甘露，什麼也不肯吃，什麼也不肯喝，這頭可憐的蠢驢很快便餓死了。

箴言／世間萬物皆有定數。

42

狐狸和山羊

THE FOX AND THE GOAT

有隻狐狸掉進井裡，雖然這口井不深，但他發現自己無法自行爬出井外。他在井裡待了許久後，一隻口渴的山羊走了過來。山羊誤以爲他待在井裡是爲了喝水，因此詢問井水是否甘醇。

狡猾的狐狸回：「這是全國最好喝的水，快下來嚐嚐。這裡的水即便是我倆痛飲也都綽綽有餘。」

饑渴的山羊聽完立刻跳進井裡，與此同時，狐狸立即跳上山羊的背，利用山羊的角尖躍出井口。

愚蠢的山羊發現自己陷入困境後，便懇求狐狸能夠好心相助。但這隻狐狸老早便頭也不回地往森林走去。

他邊跑邊道：「老傢伙，如果你的智慧長得像鬍子那般茂盛，那你在跳進去之前就該保持警覺，並事先計畫好出路才是。」

箴言／三思而後行。

43

貓、公雞和小老鼠

THE CAT, THE ROOSTER, AND THE YOUNG MOUSE

一隻從未見過世面的幼鼠，首次冒險時差點就遭遇了大麻煩。以下是他告訴母親的冒險歷程。

「我在路上悠閒地散步，準備拐彎進入下個院子的時候，遇到兩隻奇怪的生物。其中一隻看起來和藹可親，另一隻則是超乎想像的可怕怪物。妳應該親自瞧瞧他的長相。」

他接著說：「在他的頭頂和脖子前面掛著一些生的紅肉塊，他不安地走來走去，不僅用腳趾撕扯地面，兩隻手臂還會用力地拍打身體的兩側。他一看到我，就張開尖尖的嘴好像要把我吞下去似，同一時間還發出刺耳的吼聲，快把我嚇個半死。」

你能猜到小老鼠試圖向他母親描述的是誰嗎？那正是養在穀倉的

公雞，也是小老鼠此生見到的第一隻公雞。

「要不是那隻可怕的怪物，」小老鼠接著說，「我應該有機會認識另一隻漂亮的生物，不僅面貌姣好又溫馴。他有著天鵝絨般厚實的皮毛，溫順的臉龐，以及非常謙虛的神情，還有一雙明亮而閃耀的眼睛。他注視我時面帶微笑，且不時地揮舞著他那細長的尾巴。只可惜，他正準備向我搭話時，那隻怪物發出了一道尖聲的慘叫，害得我連忙拔腿狂奔。」

鼠媽媽回小老鼠：「我的孩子，你看見的溫馴生物不是別的，正是一隻貓。他善良的外表下深藏對我們鼠群的恨意，並且專吃我們來飽餐一頓。而另一隻生物不過是隻鳥，他不會傷害你一絲一毫。所以說，我的孩子，你要感激自己逃過一劫，也要將這次的教訓謹記在心，千萬不要以貌取人。」

箴言╱不能只相信表象。

44

狼與牧羊人

THE WOLF AND THE SHEPHERD

有匹狼在羊群周圍徘徊許久，牧羊人焦急地看守，就怕被他伺機叼走一頭羊。但狼並沒有動任何歪腦筋或是傷害任何動物，反倒協助牧羊人照顧羊群。最後牧羊人漸漸習慣野狼在四周出沒，忘了他生性邪惡。

有天他甚至把羊群交給狼看管，自己跑去遠方辦事。不過當他回來目睹牧場裡有多少羊被吃掉、被帶走後，才看清自己信任狼是一件多麼愚蠢的事。

箴言／江山易改，本性難移。

45

農夫和兒子們

THE FARMER AND HIS SONS

一位富有的老農夫清楚自己時日不多後，便把兒子全喚來床側。

他說：「我的兒子啊，悉心聆聽我即將對你們說的話。無論如何都不能放棄我們家族歷代傳承的田地，田裡的某處埋藏著一筆豐碩的財寶。我不清楚確切的位置，但它就在這兒，你們一定可以找到。切記要不惜一切代價、不遺餘力地尋找。」

父親去世後，他前腳才剛踏進墳墓，兒子便開始竭盡全力地挖掘，用鐵鍬翻開每一吋農地，把整座農場翻了兩三遍。

雖然他們最終什麼金銀財寶也沒發現，但在收割季結算時發現收入甚豐，遠超過左鄰右舍的盈餘。這時他們才明白父親所謂的寶藏，指的是通過勤奮的勞動方可獲得的豐收。

箴言／勤奮本身就是寶藏。

46

兩個鍋

THE TWO POTS

有兩個鍋子，一個是黃銅鑄的、一個是泥土造的，這兩個鍋子一同被放在爐臺上。有天，銅鍋向土鍋提議一起闖蕩世界，但土鍋推辭這項建言，他認爲自己待在火爐邊上是最明智不過的選擇。

他說：「只要一點點外力就能輕易擊碎我。你也明白我的身軀是如此脆弱，脆弱到只消輕輕一碰，我必定粉身碎骨！」

「別因爲這點難處就足不出戶。」銅鍋勸道：「我一定對你照顧有加，不論我們遭遇什麼樣的困難，我定會兩肋插刀，在所不辭。」

於是，土鍋終於同意他的提議。兩鍋並肩出發，用三條粗壯的腿顛簸前行，先踏出這腳，再換踏另一腳，他們每走一步都會彼此相撞。

土鍋在銅鍋的陪伴下存活不了多久。他們走不到十步，土鍋的鍋身就開始龜裂，不一會兒他便被銅鍋撞飛成千萬碎片，破裂一地。

箴言／平等是最理想的友情。

47

農夫和下金蛋的鵝

THE GOOSE AND THE GOLDEN EGG

從前有個鄉下人，飼養一隻美若天仙的鵝。每天當他去鵝窩時，這隻鵝都會產下一個美麗動人、光彩奪目的金蛋。

鄉下人把金蛋帶到市場販售，很快便累積不少財富。但不久後，他對鵝漸漸失去耐心，因爲她每天只給他一顆金蛋，他嫌這樣的發財速度太慢了。

有天他清算自己的錢財後靈機一動，異想天開地認爲：只要將鵝切腸剖腹，他便能如願得到所有的金蛋。然而剖開鵝肚後，不僅一顆金蛋也沒找著，這隻珍貴的鵝也因此香消玉損。

箴言／貪得無厭的富人，終將一無所有。

48

牧羊人和野山羊

THE GOATHERD AND THE WILD GOATS

在一個風雨交加的寒冷暴風夜，有位牧羊人將他的山羊趕到山洞裡避難，碰巧遇見一群野生山羊。牧羊人爲了讓這群野山羊能夠加入他的羊群，他提供充足的糧食令他們飽餐一頓；但給自己的羊群只夠維生的糧食果腹。當天氣轉晴後，牧羊人帶著那群野山羊出去覓食，他們便藉機跑回山裡。

牧羊人抱怨道：「這就是我伺候你們所獲得的回報嗎？」

「不要指望我們加入你的羊群。」其中一隻野山羊答道：「我們清楚得很，有天你再遇到另一群野山羊時，給予我們的待遇將會截然不同。」

箴言／為了新朋友而虧待老朋友是不明智的。

49

敗家子與燕子

THE SPENDTHRIFT AND THE SWALLOW

有位年輕的小夥子生性揮霍，在同伴間相當受歡迎，然而他爲了持續受歡迎，便大肆鋪張浪費，迅速散盡所有家產。終於在某個初春晴朗的日子裡，他赫然意識到自己除了這一襲衣物外，早已身分無文。

有天早晨，他正準備與一群快活的年輕人見面，卻不知該如何湊足錢財好維持自己的門面。就在他著急且一籌莫展時，一隻燕子飛過，歡樂地嘰嘰喳喳叫個不停。年輕人誤以爲夏天來了，便急忙跑進一間服裝店售出他一身的衣物，甚至連外衣都賣了。

幾天後，氣溫不僅劇變，還因此帶來嚴重的霜凍，可憐的燕子和那光裸四肢、衣著單薄的愚蠢年輕人只能直打哆嗦，幾乎快活不下去。

箴言／一隻燕子的到來，並不代表夏天來臨了。

50

狗和牡蠣

THE DOG AND THE OYSTER

從前有隻狗非常喜歡吃雞蛋。他經常到雞舍探訪，最終都抵不住自己的貪欲，而吞下整顆雞蛋。

某天，這隻狗走在海邊時發現一個牡蠣，轉眼間牡蠣就在狗的肚子裡了，包括他的殼以及所有內臟。

可想而知，狗把牡蠣整顆連殼吞下肚，肯定痛不欲生。

他呻吟地說：「我終於知道，並不是所有圓形的東西都是雞蛋。」

箴言／欲速則不達。

51

占星師

THE ASTROLOGER

很久以前，有個人自稱占星師，他相信自己能從天上的星星預見未來，並且經常在晚上凝視整片夜空。

有天晚上，他在村外的空曠道路上散步，雙眼直盯著滿天星辰。正當他以爲自己洞見世界末日將至時，下一秒便不小心跌進泥坑裡。

這個泥坑相當深，即使他站著，水位仍高及他雙耳的位置，因此他害怕得瘋狂扒抓洞裡濕滑的兩側，努力地想爬出坑。

他急促的呼救聲迅速引起附近村民的

注意，大夥立刻群聚在泥坑周圍。當他們救出占星師時，其中一人說：「你自以爲能從星群中預知未來，卻因此忽略腳下的變化！這次的經驗或許能教會你專注眼前的事物，未來的事就留待未來解決吧。」

另一個人則說：「你連地上的東西都沒能留意，讀懂那些星星又有什麼用呢？」

箴言／小事顧好，大事自然水到渠成。

52

金斧頭和銀斧頭

MERCURY AND THE WOODMAN

有個可憐的樵夫正在森林裡的一處水潭邊砍樹，當時天色已晚，樵夫也早筋疲力竭。他從日出便開始工作，此刻的身手也不如清晨時那般穩健有力。於是一不留意，手裡的斧頭一滑，便飛入池潭裡。

樵夫感到十分絕望，那把斧頭是他唯一的謀生工具，他身上已沒有多餘的錢財再添購一把新斧頭了。當他站在那緊握雙手、難過地哭泣時，神祇墨丘利突然現身，詢問他爲何事煩惱。樵夫告訴他方才發生的種種，而善良的墨丘利聽完他的話後，立即跳入池中。當他再次現身時，手裡拿著一把漂亮的金斧頭。

墨丘利問：「這是你的斧頭嗎？」

樵夫如實地回答：「不，這不是我的斧頭。」

於是墨丘利把金斧頭放在岸邊後，再次跳進池中。這次，他拿起一把銀製的斧頭詢問樵夫，但樵夫仍舊告訴他，自己的斧頭只不過是一把再普通不過的木柄鐵斧。

當墨丘利最後一次返回岸上時，手裡拿的正是他弄丟的那把斧頭。

樵夫非常開心自己能找回那把斧頭，不斷對這位善良的神祇表達感激之情，墨丘利亦對樵夫的誠實感到十分滿意。

他說：「我欽佩你誠實的態度，你可以擁有這三把斧頭作爲獎勵，金的、銀的以及你自己的斧頭。」

樵夫開心地帶著他的財寶返家。不久後，他獲得財富的故事在村裡流傳開來，人盡皆知。村裡有幾位樵夫因而深信自己也能輕易贏得相同的寶物。於是他們急忙跑到樹林裡，一個在這，一個在那，他們把斧頭藏在灌木叢中，假裝自己弄丟斧頭，當場掩面痛哭，呼喚墨丘利幫助他們。

墨丘利如實現身，他先是詢問其中一人，再問問另一人。他向每個人都展示一把金斧頭，他們個個急切地聲稱這是他們丟失的那把斧頭。但墨丘利並沒有因此給他們要的財寶，反而在他們每個人的頭上都狠狠地敲打一下，接著把他們送回家去。第二天，當他們返回樹林尋找自己藏起的斧頭時，斧頭卻早已不見蹤影。

箴言／誠實為上策。

53

青蛙和老鼠

THE FROG AND THE MOUSE

有隻渴望冒險犯難的幼鼠沿著池塘邊跑著，這座池裡正好住著一隻青蛙。當青蛙看到老鼠時，他游到岸邊呱呱叫說：「你不來探訪我一下嗎？如果你願意前來的話，我保證你一定能玩得很開心。」

老鼠不須多費唇舌哄騙便輕易上鉤，畢竟他非常渴望走訪世界體驗一切。雖然他對游泳略知一二，但依然不敢在沒有任何幫助下，冒然進入池塘。

青蛙內心暗自盤算著一個詭計。他向老鼠提議自己可以用一根堅硬的蘆葦草把老鼠的腿與自己的綁在一起，這樣老鼠便可以安全地跟自己一起跳進池塘玩耍。

老鼠玩得相當盡興，過沒多久便想返回岸上，但奸詐的青蛙並不

打算讓他回去，他把老鼠拉至水底淹死。就在青蛙準備解開繫著他和老鼠的蘆葦草時，一隻老鷹來到池塘上空盤旋。他一見老鼠的屍體漂浮在水面上，便向下俯衝擒抓老鼠，連同未能及時鬆綁的青蛙，一併帶走。

就這樣，老鷹一舉擁有一頓豐盛的晚餐。

箴言／試圖傷害他人，往往會因為自己的欺瞞行徑而自傷。

54

老獅子和狐狸

THE OLD LION AND THE FOX

獅子老了，因爲牙齒和爪子皆磨損，他不再像年輕時那麼容易獲取獵物。於是他開始裝病，他特地讓所有鄰居知道這件事，然後躺在山洞裡等待訪客。當他們前來表示同情時，老獅子就一個個吃掉他們。

這時狐狸也來了，但他十分謹慎。

他站離洞口十分遙遠，並禮貌問候獅子的健康。獅子回說自己確實病得相當嚴重，接著邀請狐狸進洞歇息一會兒。不過狐狸非常明智地留在山洞之外，友好地謝絕獅子的邀請。

他接著說：「我很樂意按您的要求去做，然而我發現有許多腳印進入您的洞穴，卻沒有離開的跡象。可否請您告訴我，您的訪客是如何離去的呢？」

箴言／從別人的不幸中記取教訓。

55

男人和獅子

THE MAN AND THE LION

一頭獅子和一位男人在森林中偶然結伴旅行。沒多久他們開始發生口角，爭論自己的種族在力量和思想上如何遠勝對方。

他們一路走到森林的一塊空地上，那裡立著一座雕像，那是尊海格力斯在撕扯尼米亞獅子下巴時的模樣。

男人說：「看！我們就是如此強大！百獸之王在我們的手裡就像蠟一般的存在！」

「哈！」獅子笑著回他：「是人類雕刻了那座雕像。換做是獅子雕刻的話，那場面可就大不相同了！」

箴言／不同觀點和說者，將造就不同的故事。

56

驢子和小狗

THE ASS AND THE LAP DOG

從前有隻驢子，他的主人同時養了隻小狗。這條狗備受寵愛，主人經常拍拍他，對他說些好聽的話，還會拿好東西給他享用。這隻狗每天都會跑跑跳跳地迎接主人，嬉皮笑臉地四處走動，不時還會跳起來舔拭主人的手和臉。

驢子看到後心生不滿，他雖然吃得好，卻要負責繁重的粗活，主人鮮少留意他，連個正眼也沒瞧過。因此，嫉妒的驢子想出個愚蠢的主意，決心仿效小狗的一舉一動，贏得主人的青睞。

這一天，他離開驢棚並急切地跑進屋裡。他一進屋發現主人正坐在餐桌前，便高高踢著後蹄大聲喊叫，並在餐桌前跳來跳去，邊跳邊把餐桌上的東西弄得一地都是；接著又把前蹄放在主人的膝蓋上，伸舌舔弄他的臉，模仿小狗的一切行爲。然而他的身軀實在過於沉重，不僅弄垮椅子，還害得主人與他一同跌在桌下那堆碎碗盤上。

主人對驢子的怪異行徑感到十分震驚，趕緊大聲呼救，很快便引起僕人的注意，當他們看到主人被這笨拙的動物威脅時，轉身撲向驢子，拳打腳踢地把他趕回驢棚。

驢子相當後悔，因爲他不僅一無所獲，還爲此被痛打一頓，得不償失。

箴言／不要試圖違背本性來獲取青睞。

57

擠牛奶的女工和她的桶子

THE MILKMAID AND HER PAIL

一位擠奶女工外出幫乳牛擠奶，從牧場返回時，她的頭上頂了個閃亮發光的牛奶桶。她邊走邊用她機靈的腦袋規劃將來。

「這些優質又醇厚的牛奶，」她喃喃自語著，「可以讓我拌出大量的奶油。把這些奶油拿到市場販售，再用它賺來的錢買很多很多的雞蛋來孵化。當牠們孵化後，院子裡就會到處都是漂亮的小雞，那將是一件多麼美妙的事啊。接著，迎來五月的時候，我會賣掉牠們，用那些錢買件漂亮的新衣穿去參加市集。到時在場的年輕男子都會向我行注目禮，並對我示好，不過我會要求他們專心打理生意！」

正當她用自己的腦袋盤算一切時，不小心輕蔑地甩了甩頭，於是她頂著的牛奶桶也隨之落地，不僅桶裡的牛奶流淌一地，奶油、雞蛋、小雞、新衣以及擠奶女工的所有驕傲也付諸東流。

箴言／別在小雞孵出前就細數牠們。

58

守財奴

THE MISER

一位守財奴把黃金埋在自家花園一處隱密的地方。他每天都會到那個角落挖出財寶，一點一點地數，確保它們一毛不少。由於他拜訪的次數過於頻繁，讓一直暗中觀察他的小偷得以猜到寶藏之所在，於是有天夜裡小偷便悄悄挖走它們。

當守財奴發現財產憑空消失時，頓時深陷悲傷與絕望之中無法自拔。他一邊呻吟一邊啜泣，雙手不停撕扯頭髮。

一個路人聽到他的哭聲，詢問他發生何事。

「我的金子！我的金子啊！」守財奴瘋狂放聲嘶吼道：「有人搶走我的財寶！」

「你說金子！就在那洞裡？你爲何把它放在那兒呢？爲什麼不藏在家中，這樣你要買東西的時候，不就能輕易拿取嗎？」

「買？」守財奴憤怒喊道：「爲什麼要買？我從未使用那些黃金。甚至連使用的念頭都未曾有過。」

陌生人撿起一塊大石頭扔進那個洞裡，他說：「若是如此，何不把那塊石頭埋起來就好？畢竟對你而言，它的價值和你失去的財寶不相上下！」

箴言／未能善用便是無用。

59

瘦狼與家犬

THE WOLF AND THE HOUSE DOG

從前，有匹狼因爲村裡的狗兒過於警戒，所能獲取的獵物甚少，因此他全身骨瘦如柴。他只要一想起這點，便滿懷沮喪。

有天夜裡，這匹狼碰巧遇見一隻離家且看似生養優渥的胖犬。狼很想當場吃掉他，但這隻家犬看起來相當強健，如果試圖吃掉他的話，打鬥時必定會留下不少傷疤，因此狼十分謙虛地向狗搭話，誇讚他的外表。

「如果你願意的話，你也可以像我一樣吃得好。」狗接著說：「離開森林吧，你在那兒生活得如此悲慘，何必呢？天天都得爲每口食物努力奮鬥，豈不是太累了嗎？只要照我說的去做，你就能輕鬆融入這裡的生活。」

狼問：「我必須做些什麼呢？」

家犬回道：「也沒什麼，追趕手拄枴杖的人、向乞丐吠叫、向屋裡的人獻媚。你將爲此得到各種零食、雞骨、特選肉塊、糖、蛋糕，還有更多的東西作爲回報，更別說那些甜言蜜語和撫摸了，一切應有盡有。」

狼對即將迎來幸福有了如此美好的憧憬，歡喜溢於言表，差點因此落淚。就在這時，他注意到狗脖上被磨光的毛髮，該處的皮膚甚至都被磨破了。

「你脖子上的那是什麼？」

狗回道：「那沒什麼。」

「你說那還不算什麼？」

「哦，那只是一樁小事！」

「請毫無保留地告訴我吧。」

「你看到的也許是項圈繫上鏈子時留下的痕跡。」

狼大聲嚷嚷著：「什麼？一條鏈子！難道不是想去哪，就去哪嗎？」

狗答道：「並不是！但這又有什麼關係呢？」

「關係可大了啊！我不願意付出那般代價，換取你們所謂的山珍海味，還有世界上的小羊。」語畢，狼便一溜煙地跑回樹林去。

箴言／自由之身，千金不換。

60

狐狸和刺蝟

THE FOX AND THE HEDGEHOG

有隻狐狸渡河時與湍急的水流纏鬥過久，差點游不回岸上，好不容易歷劫歸來的他，只得傷痕累累地躺在那。不久後，一群吸血蒼蠅停駐其身，他虛弱得無法驅趕他們，只能靜靜地躺著，動彈不得。

一隻刺蝟恰巧經過此地，好心地說：「讓我替你趕走蒼蠅吧。」

「不，不！」狐狸趕緊喊道：「不要打擾他們！他們已吸飽血，假如你趕走他們，那麼另一群貪婪的蒼蠅就會前來搶走我僅存的那一丁點血了。」

箴言／寧可承受些許的惡意，也不願因去除它而遭逢更凶惡的危機。

61

庸醫蟾蜍

THE QUACK TOAD

一隻年邁的蟾蜍曾昭告所有鄰居，自己是一位博學的醫生，能治百病。狐狸聽聞後急忙找上蟾蜍，並裡裡外外仔細地打量蟾蜍一番。

他說：「蟾蜍先生，聽說你能治百病！但瞧你這副模樣，你先治好自己吧。如果你能治好自己膚上的斑點以及風濕，也許就能取信大眾。否則，我建議你打消念頭，轉行去吧！」

箴言／先自救，再救人。

62

無尾狐狸

THE FOX WITHOUT A TAIL

一天，有隻狐狸的尾巴被陷阱夾住，歷經一番痛苦的掙扎後終於脫逃成功，但他不得不捨棄自己美麗又毛茸茸的尾巴。

久而久之，這隻狐狸遠離狐群，因爲他清楚知道，大家都會在內心譏笑他、在背後消遣他。然而離群索居是一件相當困難的事，於是他想了個方法，那或許能協助他脫離困境。

他召集所有的狐狸，表明自己有要事宣布。

當大家群聚時，無尾狐站起來發表一則長篇大論，講述各個狐狸因尾巴遭逢屈辱與傷害的故事。

這隻狐狸的尾巴被籬笆纏住，因而遭獵狗捉捕；那隻狐狸因爲尾巴過重，導致跑步慢吞吞。他還表示，大家都十分清楚，人類獵殺狐狸全是爲了將砍下的狐尾作爲戰利品。有了這些證據，無尾狐得以證明尾巴是一個多麼危險且無用的存在，因此他建議每隻重視生命安全的狐狸，都必須砍下尾巴。

當他說完後，一隻老狐狸站起來笑道：「這位狐兄，請你轉過身來，讓在場的諸位好生解惑一番。」

當這隻可憐的無尾狐轉過身時，瞬間引發眾狐的訕笑和叫囂，他終於意識到自己前來勸說狐群放棄尾巴，只是徒勞之舉。

箴言／不要聽從企圖降低你水準的建議。

63

淘氣狗

THE MISCHIEVOUS DOG

從前有隻狗心術不正又淘氣，致使他的主人必須得在狗脖繫上沉重的木屐，以防他惹惱訪客和鄰居。

但這隻狗似乎對身繫木屐感到相當自豪，他拖動木屐吵吵嚷嚷地來回走動，企圖吸引眾人的目光卻徒勞無功。

他的老友對他說：「帶著木屐安靜地躲離所有視線，將是明智之舉。難不成你希望大家都知道你是隻可恥又壞心眼的狗嗎？」

箴言／惡名不是名聲。

64

狐狸和野雞

THE FOX AND THE PHEASANTS

一個月白風清的夜晚，狐狸一如既往地在樹林裡散步。他看到許多野雞在一棵高大的老樹上棲息，並且位於他勾也勾不著的地方。

狡猾的狐狸迅速找了個月光普照的空地，讓野雞可以清楚看見他，接著他用後腿站立，跳起一段狂野的舞蹈；先是如陀螺般轉了一圈又一圈，然後再躍起身子，擺弄各種特異的動作。

野雞兩眼發直地盯著狐狸，眨都不敢眨一眼，生怕狐狸瞬間消失在視線之外。

這時狐狸一下子作勢爬樹，一會狀似摔倒，躺在地上奄奄一息，動也不動，下一秒他又四肢著地，背朝天騰空跳起，在半空中擺動他粗肥的尾巴，那尾巴在月光下彷彿能甩出銀色火花來。

可憐的野雞開始兩眼昏花，當狐狸的表演再度拉開序幕時，他們早已重心不穩，一個接一個摔倒在狐狸面前。

箴言／過分關注危險將使我們成為受害者。

65

熊和兩位旅者

TWO TRAVELERS AND A BEAR

有兩位旅者結伴遊歷森林，途中有隻大熊從他們鄰近的灌木叢裡衝了出來。

其中一位旅者自顧自地爬上一棵樹，另一人深知自己無法獨自與凶猛的野獸搏鬥，於是動也不動地癱倒在地裝死，大氣不敢喘一口。因爲他聽說，熊不碰屍體。

這肯定是眞的，因爲熊在那人頭上嗅聞一會後，似乎相當滿意眼前的人被自己嚇死，於是頭也不回地轉身離去。

這時躲在樹上的那人趕緊爬下來。

他問：「剛剛那隻熊是不是在你耳邊低語啊，他說了些什麼呢？」

那位裝死的旅者回道：「與一個遇到危機就棄友不顧的人結伴旅遊，太不明智了。」

箴言／患難見真情。

66

豪豬和蛇

THE PORCUPINE AND THE SNAKES

一隻豪豬正在尋找適合居住的家，找著找著，他發現一個隱蔽的小山洞，但裡面住著一窩蛇。他請求他們讓自己同住在洞裡，蛇友好地應許豪豬。

但蛇很快便悔不當初。豪豬鋒利的刺毛不斷弄傷他們，於是蛇禮貌地要求他離開。

「我對你們的善意心懷感激，」豪豬接著說，「不過我打算繼續待在這裡，哪也不去。」於是他禮貌地護送那群蛇離開洞穴，蛇則爲求自保，不得不另覓新家。

箴言／伸出一個指頭，失去一隻手。

67

母親與狼

THE MOTHER AND THE WOLF

一日清晨，有隻饑餓的狼在郊外的小屋附近徘徊，他聽見屋裡傳來嬰兒的哭聲，接著又聽到母親安慰孩子的聲音：「噓，孩子，噓！別哭了，否則我就把你送給狼！」

狼做夢也想不到，自己得以享用如此美食，爲此感到十分驚訝和歡喜，於是他好整以暇地在一扇敞開的窗下痴痴守候，滿懷期待有人把孩子遞給他。

然而，儘管那小傢伙哭鬧不斷，母親仍舊沒有把他交給狼，讓狼白等了一整天。當夜幕降臨時，他耳邊又傳來母親的聲音，她坐在窗邊唱歌哄她的孩子入睡。

「好乖好乖，沒錯，孩子，就是如此！這樣狼就不會來抓你了。

不，不！爸爸會保護你，一旦野狼靠近，爸爸便會殺了他！」

就在這時，從遠方返家的父親看見狼正坐在窗下，趕緊上前驅趕，而那匹狼好不容易才躲避殺生之禍，並且勉強逃開身後追趕的獵狗。

箴言／不要盡信你所聽聞的一切。

68

蒼蠅和蜂蜜

THE FLIES AND THE HONEY

一罐蜂蜜被打翻後，黏稠的蜜液流淌整張桌面。它香甜的味道迅速引來大批蒼蠅在四周嗡嗡作響。於是他們席地而坐，大快朵頤一番。

這些蒼蠅很快便全身沾滿蜜液，就連翅膀也不例外，他們甚至無法從黏答答的蜂蜜中抽出自己的腳，最後一隻隻死去。

不過是爲了品嘗些許甜頭，竟獻上自己的生命。

箴言／貪圖眼前的快樂將耽誤你一生。

69

動物與瘟疫

THE ANIMALS AND THE PLAGUE

很久以前，一場嚴重的瘟疫在動物之間肆虐。許多動物因此死去，即使倖免存活也病得不輕，他們既不吃也不喝，只能無精打采地活著。肥碩的小母雞再也無法勾起狐狸的食慾，鮮嫩的羊肉再也不能喚起狼貪婪的胃口。

於是獅子決定召開一場動物大會。當所有動物群聚時，他起身宣布：「親愛的朋友，我相信神明降下這場瘟疫的目的，是爲了懲戒我們的罪過。因此，我們之中罪孽最爲深重的動物必須作爲獻祭貢品，或許這能讓我們在場的其他動物都得以獲得寬恕和治癒。」

獅子接著說：「首先，我得先坦承自己的一切罪行。我承認自己非常貪婪，吞下許多隻羊，即使他們未曾傷害我一絲一毫。我吃過山羊、公牛和雄鹿，而且偶爾還會吃下牧羊人來飽餐一頓。如果這樣的我罪不可赦，那我也早已做好犧牲的準備。期許之後的每一位都能像我這樣認罪，讓所有動物得以公正判斷誰罪該萬死。」

狐狸說：「陛下，您太善良了。吃幾匹愚蠢的羊算什麼罪過呢？不、不，國王陛下，您吃了他們，是他們的榮幸。至於牧羊人，眾所周知，他們假裝自己是我們的主人，事實上人類不過是個弱小的種族罷了。」

大家都爲狐狸的一番話拍手叫好。接著，即便老虎、熊、狼，所有野蠻的猛獸都接連坦承自己最惡劣的行徑，最終都得到眾動物的寬恕，並且顯得十分聖潔和無辜。

現在輪到驢子懺悔了。

他愧疚地說：「我記得自己有天經過牧師的田地時，抵擋不了饑餓感，以及鮮美嫩草的誘惑，於是忍不住咬下田內一些嫩草。我承認自己並沒有被允許這麼做……。」

驢子的說詞引起獸群一片嘩然，並就此打斷他的自白。因爲沒有說下去的必要了，他就是爲大家帶來不幸的罪魁禍首！吃不屬於自己的草是件多麼令人髮指的罪行啊！此舉足以絞死任何一個人類，更何況是區區一頭驢子。

以狼爲首，全部動物都撲向驢子，迅速地將他處死。大家當下就把他獻給神靈，連個正式的祭壇也沒有。

箴言／弱者注定要為強者的錯誤付出代價。

70

牧羊人和獅子

THE SHEPHERD AND THE LION

有天，一位牧羊人在清點自己的羊群時，發現有幾隻羊失蹤了。他心中滿是怒火，因此大聲吹噓自己一定會抓住小偷，給予他應有的懲罰。牧羊人懷疑一切都是野狼做的好事，於是朝山上最爲陡峭的岩地出發，因爲那裡的山洞有狼群出沒。他在出發前向朱比特發誓，如果眾神之神能助他找到小偷，他將爲此獻上一隻小肥牛。

牧羊人尋覓良久並且一無所獲。就在他路過一個大山洞時，一隻壯碩的獅子背上扛著他的羊走了出來。牧羊人嚇得跪倒在地，驚恐萬分。

「唉，朱比特，我求了些什麼啊？爲了找到小偷，我獻上一隻小肥牛。現在我請求你，只要你爲我驅離小偷，我便奉上一頭公牛！」

箴言／往往擁有後才發現自己並非如此渴望。

71

狗和倒影

THE DOG AND HIS REFLECTION

屠夫扔了根骨頭給一隻狗，而那隻狗帶著他的戰利品，以迅雷不及掩耳的速度返家。當他途經一座狹窄的天橋時，他偶然往下一看，看見自己的倒影映在如鏡的水面上。但貪婪的狗誤以為那是另一隻狗，嘴裡咬著一塊比自己口中還大上許多的骨頭。

假使他願意停下來好好想一想，便會發現事實並非如此。沒想到他不僅沒有動腦思考，反倒吐出嘴裡的骨頭衝向河中，之後又拼命游回去。

當他成功爬上岸時，他悲傷地杵在那兒，想著他消逝的美味骨頭，最終意識到自己是隻多麼愚蠢的狗。

箴言／貪婪即是極度的愚蠢。

72

龜兔賽跑

THE HARE AND THE TORTOISE

有天，兔子譏笑烏龜動作遲緩。

兔子嘲諷地笑問他：「你可曾去過他方？」

烏龜回道：「當然有，而且抵達目的地的速度超乎你的想像。我可以與你比賽，好證明自己所言不假。」

乍聽烏龜的提議時，兔子不免感到相當可笑，不過一想到這件事將帶來怎樣的快意，他便毫不猶豫地點頭答應。於是，同意擔任裁判的鼴鼠標出距離後，兩位選手便跑了起來。

兔子不用多久就消失在烏龜的視線範圍內，但爲了讓他發自內心感受到這場賽事究竟是何等的可笑，於是兔子便躺在賽道邊打盹，打

算睡到烏龜追上來爲止。

在兔子打盹的當下，烏龜仍舊不疾不徐地緩慢前行。一會後他路過了兔子睡覺的地方，不過兔子睡得非常安穩，所以當他清醒時，烏龜早已十分接近終點了。因此，即便兔子以他最快的速度向前奔跑，還是沒能及時超越烏龜。

箴言／敏捷之人並非永遠都能取勝。

73

雲雀和孩子們

THE LARK AND HER YOUNG ONES

有隻雲雀在一片尚未熟成的綠色麥田裡築巢。日子一天天過去，麥穗長高了，小鳥也越發茁壯。有日，當成熟的金色稻穗在微風中搖曳時，農夫和他的兒子來到田間。

農夫道：「這片麥田可以收成了。我們必須召集左鄰右舍協助收割。」

鳥巢裡的幼小雲雀與父子倆相

當靠近，聽聞此事時非常害怕，因爲他們知道自己得在人類收割前離去，否則將落入巨大的危機之中。於是當雲雀媽媽帶著食物返家時，他們趕緊把所知所聞如實地告訴她。

雲雀媽媽說：「不要害怕，我的孩子。倘若農夫說自己要呼喚他的友鄰前來替他幹活，那麼這些麥子便暫時不會收割。」

幾天後，那些小麥變得更加成熟，當風搖曳麥穗時，小麥粒便如陣雨般沙沙落在小雲雀的頭上。

「如果不趕緊收割這些麥子，」農夫道，「我們將損失一半的莊稼。等不了別人了，明天我們得自己開始幹活。」

當小雲雀把這段話告訴母親時，她說：「那我們也得馬上搬家。當人決定靠自己，而不依賴他人時，那他必定會自行完成該做的事，不再拖延。」

當天下午，天空出現許多鳥兒振翅的聲響，以及練習飛翔的蹤影。第二天清晨，當農夫和他的兒子割下穀物時，發現了個鳥巢，裡頭早已空空如也。

箴言／靠自己最實在。

74

貓和年長老鼠

THE CAT AND THE OLD RAT

從前有隻貓十分敏銳，他似乎無所不在，利爪彷彿隨時準備伺機而動，撲向老鼠，以至於老鼠連自己鬍鬚的尾端都不敢暴露在外，生怕被貓活活吃掉，只好安分留在窩裡。貓意識到自己要想抓到這些老鼠，就必須好好發揮自己的聰明才智。

有天，他爬上一座架子，頭朝下，像屍體一樣掛著，並用爪子緊抓些繩子，將自己固定住。當鼠群探頭看到他倒掛在上的死狀，以爲他遭到主人懲罰。起初，他們都只是怯生生冒出頭來，小心翼翼地四周嗅聞。由於沒有察覺到絲毫異狀，於是大家便興高采烈地跑出去慶祝。

就在這時，貓鬆開緊握繩索的爪子，在鼠群驚魂未定之刻，迅速捕捉三四隻老鼠。

從此，鼠群比以往更加謹守本分地在家待著。渴望能吃到美味老鼠的貓，仍有些小伎倆還沒用呢！這次他在麵粉中滾來滾去，直到全身沾滿粉末後，便躺在麵粉桶裡，只睜著一隻眼來窺探老鼠。

果然沒多久，老鼠便紛紛出現，這時他的貓爪下已有隻肥滋滋的小老鼠了。然而有個與貓和他的陷阱交手多年，甚至為此失去部分尾巴的年長老鼠，在牆洞中始終保持安全距離。

「小心點！」他喊道：「或許那真的是道美食，但在我看來，也長得十分像貓。不論它為何物，保持安全距離才是上策。」

箴言／明智的人不會讓自己再次上當。

75

狐狸和烏鴉

THE FOX AND THE CROW

一個陽光明媚的早晨，狐狸不斷以鼻子嗅聞，沿著森林一路尋找食物。就在這時，他發現樹枝上有隻烏鴉正在休憩。狐狸與烏鴉並非初次相遇，只是這次讓他多看一眼，並就此留步的是——幸運的烏鴉嘴裡叼著的乳酪。

「踏破鐵鞋無覓處，得來全不費工夫。」狡猾的狐狸暗自竊喜，「那就是我今日的早餐了。」

他立即碎步上前，坐在樹下抬頭仰望烏鴉，並叫道：「早安，美麗的生物！」

烏鴉歪著頭，疑惑地看著狐狸。但她的喙依然緊緊銜住乳酪，沒有回應。

「她是多麼迷人的存在啊！」狐狸自顧自地讚嘆道，「她的羽毛如此閃亮動人！這般艷麗的身姿、這般華麗的羽翼！如此非凡的鳥應該有個十分甜美的嗓音才對，因爲她的一切是那麼地完美。不知她是否願意替我唱首歌呢？雖然我知道我應當取得這位百鳥之后的首肯。」聽著這些討喜的話，烏鴉忘記一切的困惑也忘了自己的早餐。她非常想被稱爲百鳥之后。

於是烏鴉張嘴發出她最嘹亮的叫聲，而她嘴裡的乳酪也直落進狐狸張開的大嘴。

「謝謝妳。」狐狸邊走邊柔聲說道，「妳已開口證明自己擁有甜美嗓音了，不過妳的智慧哪去了呢？」

箴言／奉承之言是為那些願意聽信的人而說的。

76

驢子和牠的影子

THE ASS AND ITS SHADOW

有位旅者租用一頭驢子，預計前往一個遙遠的地方。驢子的主人和旅者同行，主人負責走在身旁趕驢及指路。

途中他們必須穿越一處沒有任何林木生長的平原；烈日高掛，太陽毫不留情地直射大地，致使氣溫無比炎熱，於是旅者決定暫時休息一會。由於沒有陰涼處得以避暑，因此旅者只好坐在驢子影下乘涼。

因爲長途跋涉的緣故，主人也逐漸禁不住炙熱的陽光，他也想在驢子的影子下休息。因此主人與旅者開始爭吵起來，主人說他租賃的是驢子，不是影子。於是兩人迅速扭打成團，而驢子便趁隙逃走了。

箴言／在無意義的爭吵過程裡，我們經常忘卻最初的本質。

77

父子賣驢

THE MILLER, HIS SON, AND THE ASS

很久以前，有位老磨坊主人和兒子帶了隻驢去趕集，期望能賣了他。父子倆讓驢子獨自走著，他們認為驢子若能因此維持生氣勃勃的模樣，便更有機會賣出他。但在前往市集的途中，有些旅者開始大聲嘲笑他們。

其中一人喊道：「怎麼有這麼蠢的人，寧可步行也不願騎驢。他們裡面最愚蠢的竟然不是大家認爲的那一個。」

磨坊主人不喜歡被嘲笑，因此令他兒子騎上驢子。

接著他們又走了一段路，這時有三位商人從旁經過。

「哇，這像話嗎？」他們喊道：「年輕人，你要敬老尊賢啊！快下來讓老人家騎驢。」

雖然磨坊主人一點也不疲倦，但他還是讓兒子下來，自己爬了上去，只爲取悅那些商人。

在下一個轉彎處，他們經過幾位婦女身旁，她們提著裝滿蔬菜和物品的籃子，準備前往市集販售。

其中一人感嘆道：「看看這個老傻瓜，自己騎驢，卻要那可憐的孩子步行。」

磨坊主人開始感到惱火，但爲表贊同，他讓兒子坐上自己身後。

正當他們準備啓程，再度出發時，路上另一群人又大喊起來。

「眞是罪過啊，」有人喊道：「要一個可憐的牲畜背負如此沉重的東西！與其讓那頭驢載著他們，他們更應該扛起他才對。」另一個人接著說：「他們一定是要去賣那可憐東西的獸皮。」

磨坊主人和他的兒子迅速爬了下來。不久後，兩個人便用桿子讓驢子倒掛其上，扛著他走。這時市集頓時一片嘩然，一大群人竄了出來，因爲這幅怪異的景象令眾人都想一探究竟。

驢子並不討厭被人指著走，但這麼多人上前指著他又笑又叫，讓他心生不滿，開始拳打腳踢，並發出種種叫聲。就在渡橋的半途上，綑綁驢子的繩索霎時鬆開，於是他便撲通一聲，掉進河裡去了。

可憐的磨坊主人如今只好傷心地踏上歸途。他試圖取悅所有人，不僅沒能取悅任何人，還失去了他的驢子。

箴言╱試圖討好所有人，便誰也取悅不了。

78

北風和太陽

THE NORTH WIND AND THE SUN

北風和太陽爲兩人孰強孰弱，大肆爭吵。當他們爭得面紅耳赤時，一位身裹大衣的旅者正巧路過。

太陽道：「希望我們都同意，能讓這位旅者褪下大衣的人，就是強者。」

「恰有此意。」北風咆哮完，立即對這位旅者怒吼出一陣寒冷、尖嘯的狂風。

這陣勁風強力來襲，旅人大衣的兩側爲此瘋狂拍打他的側身。於是他馬上將大衣緊緊裹在身上，風吹得越強勁，他就把斗篷抱得越緊。北風憤怒地用強大的風力撕扯大衣，但他一切的努力卻似乎只是徒勞而已。

接著，輪到太陽出手。太陽發出光芒照耀旅者，其光束相當溫煦。歷經刺骨的酷寒後，旅者愉快地迎接宜人的暖意，他解開大衣，讓它鬆鬆地掛在肩上。隨著陽光越發溫暖，旅者不得不摘下帽子，擦拭著自己的眉毛。最終抵不過如此炎熱的天氣，脫去大衣，在路邊的樹蔭下躺著，躲避熾熱的日照。

箴言／溫柔和善意的勸說，勝過武力和虛張聲勢。

79

披著獅皮的驢

THE ASS IN THE LION'S SKIN

有頭驢子在森林裡發現一張獵人遺留的獅皮。他披上獅皮躲在灌木叢中，只要動物途經此處，他都會倏地衝出來嚇唬他們並撲過去，以此自娛。所有動物看見他的瞬間，全都嚇得落荒而逃。

驢子目睹動物倉皇失措、四處逃竄的模樣，彷彿他就是獅王似，於是心中暗自竊喜，最終忍不住大聲狂嘯。

原本與其他動物一起逃跑的狐狸，聽到他的叫聲後，立刻留步。他走近驢子笑道：「如果你閉上嘴，或許還真能嚇倒我。但你那愚蠢的叫聲正好暴露你的眞面目。」

箴言／傻瓜或許可以用衣著和外表欺騙他人，
但一開口便現出原形。

80

鬥雞和老鷹

THE FIGHTING ROOSTERS AND THE EAGLE

從前，有兩隻雞住在同個農莊裡，相看兩厭。有天，他們飛起身，張牙舞爪地決鬥，直至其中一隻落敗，爬到角落躲起來才就此休戰。

勝利的公雞飛到雞舍屋頂，驕傲地大力振翅，拼命鳴叫，向全世界宣告自己大獲全勝。這時盤旋在空中的老鷹聽見公雞在那自吹自擂的啼聲，立即俯衝而下，將他擒回自己的巢裡。

他的對手瞟見這戲劇化的一幕後，從容地從角落裡走了出來，就此成爲農莊主人。

箴言／驕傲使人墮落。

國家圖書館出版品預行編目資料

伊索寓言/伊索（Aesop）著；葛宏德維（J. J. Grandville） 繪；曾立瑩 譯. 臺中市：晨星出版有限公司，2023.05

面； 公分. --（愛藏本；122）

譯自：The AESOP for CHILDREN

ISBN 978-626-320-438-6（平裝）

871.36　　112004420

愛藏本122

伊索寓言

Aesop's Fables

作　　者｜伊索（Aesop）
繪　　者｜葛宏德維（J. J. Grandville）
譯　　者｜曾立瑩

責任編輯｜江品如
封面設計｜鐘文君
美術編輯｜曾麗香
文字校潤｜江品如

創 辦 人｜陳銘民
發 行 所｜晨星出版有限公司
台中市407工業區30路1號1樓
TEL：04-23595820　FAX：04-23550581
http://star.morningstar.com.tw
行政院新聞局局版台業字第2500號
法律顧問｜陳思成律師

讀者專線｜TEL：02-23672044 / 04-23595819#212
傳真專線｜FAX：02-23635741 / 04-23595493
讀者信箱｜service@morningstar.com.tw
網路書店｜http://www.morningstar.com.tw
郵政劃撥｜15060393（知己圖書股份有限公司）

初版日期｜2023 年05月01日
ISBN｜978-626-320-438-6
定價｜新台幣250元

印　　刷｜上好印刷股份有限公司